글벗시선 172 송연화 열여덟 번째 시집

제11회 글벗문학상 수상 작품집

행복한 글꽃 피다

송연화 지음

도서출판 글벗

꽃 물

송연화

저 만치서 걸어오는
발자국 소리에
빨강 봉선화 피었다

그리움이 뚝뚝
추억은 저 만치서
어서 오라 손짓 하는데
빨강 꽃물들이면
첫사랑
만날 수

행복한 글꽃으로

하루의 일상 속에서 글꽃이 꿈틀거린다
싱그런 잎이 돋아 줄기에 살이 찌고
미소가 방글방글 피어난다. 꽃향기가 번진다.

행복이 별거더냐 자아에 도취 되어
즐거움 넘쳐나면 그것이 행복이리라.
삶의 길 피고 지는 꽃 향기로움 넘친다.

오늘도 변함없이 숙제하듯 글을 쓴다.
시조 한 수 올려놓고 기쁨의 마음으로
행복꽃 가득 피었다. 터질듯한 이 마음
그 기쁨 글벗들과 함께 나누고 싶다.

2022년 9월

차 례

제2부 고향으로 가는 길

제3부 가을이 간다

제4부 사랑의 대화

제5부 한 해를 보내며

제1부

임 오시는 길

가을소풍

여름날 애썼다고
즐거운 가을소풍
날아라 떠나보자
휴양지 청풍명월
눈 아래 펼쳐 보이는
작은 섬들 멋지네

기분이 상쾌 통쾌
멋진 날 나들이에
마음은 두리둥실
새처럼 훨훨 날자
내 사랑 버팀목 되어
가을맞이 했다네

해무리

높이 뜬 가을 하늘
둥글게 무지개 떠
친정집 가는 길이
나들이 축복이야
차창 밖 해무리 담아
싱글벙글 좋아라

그대랑 함께 가는
내 고향 정선으로
갈바람 소식 담아
정답게 가는 이길
고생한 동생 부부를
불러주는 친정집

가을의 선물

들깨 향 멀리멀리
바람에 날려가고

푸르름 한 아름에
빛나고 반짝이네

저 멀리 가을의 선물
꽃피우며 오누나

하얀 꽃 들깨 송이
온 들녘 물들이고

기쁨의 발걸음에
화들짝 깨어나서

갈바람 사랑 실어서
설렘으로 반기네

물보라

의림지 둘레길엔
분수대 끊임없이
물보라 일으킨다
알알이 부서지는
물방울
무지개 빛깔
영롱하게 빛나네

솔바람 스며드는
응달진 쉼터 의자
나들이 즐기면서
웃음꽃 만발이야
고목의
진한 솔향기
사랑 꽃이 피누나

버섯 산행

둘이서 함께하는
높은 산 버섯 산행

땀방울 송골송골
산새들 노랫소리

온 산에 메아리 되어
아롱아롱 퍼지네

찐빵과 포도 음료
간식으로 나눠 먹고

산마루 정상까지
한달음 올랐어라

운동과 버섯 산행이
일거양득 되었네

설악초

하늘의 눈꽃이 내린 것처럼
소담스럽게 피어 정원을
하얗게 에워 감싸고

갈바람에 일렁이는
꽃물결은 파도를 치듯
그리움을 가득 품고 있네

흰 꽃잎 팔랑이는 설악초
송이송이 하얗게 피어
어여쁜 나비 같아라

하늘의 맑음으로 돋아나
따스한 햇살로 아름아름
정원을 하얗게 물들이네

인연(1)

가을비 추적추적
하염없이 내려주고
내 마음 깊은 곳에
잠자던 하얀 추억
허기진 아픈 사연에
밤새도록 뒤척인다

갈바람 일렁이는
내 마음 숲속에는
눈물비 주룩주룩
아픔의 사연들을
잊으려 추억 길 따라
밤새도록 걷는다

첫사랑 아픈 인연
풍문으로 전해 듣고
명복을 빌어본다
잘 가요 하늘나라
이제는 울지 않으리
하늘 보면 될테니

빈 항아리

양지쪽 툇마루에
항아리 올망졸망
햇살에 반짝반짝
온몸이 따끈따끈
발효된 된장 고추장
용기 담아 갈무리

메주랑 고로쇠 물
노랗게 숙성되어
구수한 된장으로
고추장 매콤달콤
입맛들 되살려주고
빈 항아리 되었네

하루의 시작

안개와 구름 낀 아침
다이아몬드처럼
반짝반짝 빛나는
기분 좋은 날

오늘도 보석처럼
빛나고 성취하는
활짝 웃는 즐거움의
하룻길 열어보며

사랑은 사랑하는
자의 선물이며
행복은 찾는 자의
보석이라고

언제나 한결같이
늘 푸른 소나무처럼
변함없이 소중한 시간
만들어 보자

가을밤

구름 한 점 없이 빛나고
반짝이는 가을밤 하늘은
마치 까만 보석처럼
영롱하고 신선합니다

반달이 노랗게 떠있어
세상 무엇보다 아름답고
최고의 예술 작품처럼
아름다운 밤입니다

쏟아질 듯 빛나는
초롱초롱 반짝이는 별
고운 별밤 맘껏 즐기며
아름다운 이 밤 산책합니다

수채화처럼 찬란한 가을밤
쏟아지는 달빛과 파란 별
편안하고 행복한 꿈의 세계
은하수 길을 달려봅니다

밤에 피는 꽃

퇴근길 화려함에
두 눈이 반짝반짝
하늘엔 별꽃 달꽃
원주천 조명 꽃등
황홀함
도취 되어서
헤어날 수 없어라

각박한 세상살이
지치고 힘들지만
원주천 내리쏟는
꽃등과 청사초롱
좋은 일
또다시 올까
옛날이여 그립다

마음자리

꽃이 필 때는 웅성웅성
주위가 아름답고
고운 향기 가득하지만

꽃이 진 빈자리엔
검은 그림자 드리우고
바람만 사그락 사그락

마음의 향기를 품으면
얄미운 바람 한 점에도
가슴에 꽃이 피어나리

희망찬 아침 해 솟아오르듯
마음 가득 사랑을 품으며
향기 나는 삶을 살아갈 수 있을까

알밤

사르륵 바람 불면
후드득 고슴도치
어머니 뱃속 열고
밤송이 떨어진다
단단한
알밤 삼형제
용감하게 널뛴다

떨어진 알토란 밤
송편 속 만들었네
추석날 차례상에
올라온 풍요로움
추석날
토실한 알밤
행복 맞이 준비 끝

28_ 행복한 글꽃 피다

황금 들녘

푸르른 하늘 상큼한 향기
일렁이는 가을바람에
벼가 노랗게 익어간다

논밭 가득 남실남실
무겁게 고개 숙인 벼 이삭
농부의 입가엔 함박웃음

아침햇살 들녘 가득
포실포실 번지면
들녘은 황금벌판이어라

가을은 풍년을 몰고 와
정다운 이웃사촌들
추석 명절 기다리네

생일(1)

어제와 오늘 하루
이어진 공존 속에
마음만 바쁘구나
생일인 막내아들
떡이랑 미역국 끓여
한 상 가득 차렸네

엄마표 생일 밥상
멈출 수 없는 거니
아들아 이젠 제발
장가 좀 가려무나
두 아들 벗어나는 날
행복 시작 고생 끝

엄마의 작은 바람
손주 좀 안아보자
키울 땐 똑똑해서
두 아들 자랑거리
이렇게 속 썩일 줄은
애당초에 몰랐다

사랑아

언제나 한결같은
참 좋은 나의 그대
닿을 듯 잡힐 듯이
잔잔한 온유함에
내 사랑 그리움 실어
가슴속에 새긴다

솜사탕 같은 사람
그대를 하늘 위에
살며시 걸어두고
언제나 꺼내 보죠
그대는 파란 하늘빛
은근살짝 사랑아

그리운 어머님

어머니 떠나신 지
여러 해 바뀌어도
그리워 보고 싶어
마음이 아립니다
어머니 보고 계신 가요
생각나서 눈물 나요

내일이 추석 명절
계실 때 좋았음을
이제야 느낍니다
어머니 생각나서
내일은 산소 갑니다
송편 빚어갈게요

첫 만남 웃으시며
제 손을 잡아주신
그 손길 잊지 못해
가슴이 먹먹해요
에미는 내 대신이다

그 말씀을 따르죠

아픔 없는 그곳에서
맘 편히 지내셔요
동기간 정 나누며
베풀며 지낼게요
어머님 고맙습니다
추억하며 살게요

달님

까만 밤 구름 뒤에
숨어버린 달님 찾아
마당을 서성인다
행여나 오시려나
달님은 보일 듯 말듯
빌어볼까 소원을

노오란 달님 모습
보이질 않는구나
행복한 나의 꿈을
살며시 전해본다
에미의 숯 검댕이 속
너희들은 알려나

보름달

보름달 보면서
내 사랑을 빌고
건강을 빌고
무언의 약속을 합니다

구름 위에 살포시
올라온 보름달은
당신의 커다란
둥근 마음입니다

한가위의 소망 속에
두 손 모아 그대와의
내일을 꿈꾸는 기도 소리
내 사랑이 행복합니다

어디서든 볼 수 있는
저 달이 부러운 건
멀리 있는 달님과의 소원을
공유했기 때문입니다

희미하게 떠오른
보름달 가득 차올라서
시가 되고 편지가 되어
내게 전해옵니다

명절 음식

쇠고기 꼬치구이
부침과 지짐이를
부치고 구워내고
불판에 지글지글
맛있는 명절 음식들
불티나게 팔려라

토종밤 껍질 벗겨
썰어서 준비하고
고구마 깍둑썰기
서리태 콩 불려서
송편 속 만들어 놓고
조물조물 빚는다

동그란 송편들이
나란히 줄 맞추어
차례를 기다리고
마음과 정성으로
풍성한 추석 명절을
즐기면서 보내리

달빛 연가

노오란 둥근 달님
환한 미소 바라보며
소원 빌고 빌어본다

간난 아기의
옹알이 같은 목소리
진심이 전해질까

구름에 가려진 달님
보일 듯 말듯
밤하늘을 수놓고

잔잔히 흐르는
달빛에 고운 사연 적어
그리운 임께 띄우고

내 사랑 볼 수 있으려나
작은 불씨 되어 타오름을
멀리서 지켜볼 수 있다면

마냥 보고 싶은데
내 마음은 끝없이
달려만 가는데

소리 없는 독백은
메아리 되어 이내 맘속에
여운 되어 흐르네

밤비

구름에 밀려 쫓기듯
달님은 사라지고
새벽 비는 하염없이
주룩주룩 내린다

사연들의 소원 담아
떠나가는 달님
아쉬움의 눈물 흘리며
창문을 두드리네

이 밤을 하얗게 지새우면
평온이 찾아오겠지
대롱대롱 흔적을 남기고
풀잎에 곡예를 탈 테지

초록의 물결 잠재우는
노란 들녘의 사랑
이 가을비 지나가면
단풍꽃 데려오려나

가을 연서

들녘에 내려앉은
햇살에 가을 김장
무 배추 곱디곱다
며칠 전 내린 비로
밭고랑 가득 채우고
초록물결 넘친다

하나를 얻었으면
하나는 내어주고
무게에 못 견디어
들깨는 쓰러지고
그나마 다행스럽다
들깨 알이 꽉 차서

가을이 주는 풍요
기쁨이 배가되어
번지는 함박웃음
햇살에 익어가네
농부는 초록 꿈 싣고
가을 연서 보낸다

가을 사랑

곱게 내려앉은 가을
마당 끝에서
재주를 부리네

붉게 익어가는 대추
고개 숙인 황금벼
색깔이 변하는 들녘

잠자리 빙빙 돌고
참새 떼 마당에 우르르
시끌벅적 머무르네

어느결에 발걸음 총총
들녘으로 향하여
가을걷이 하는 중

어떤 모습으로 올까
가슴이 두근두근
풍요로운 기다림이야

고추부각

알싸한 매운맛을
쪼개서 물에 우려
하얗게 찹쌀가루
입혀서 조물조물
간 맞춰 솥에 쪄내어
건조기에 바사삭

옷 입힌 파란 고추
부각으로 태어나고
식탁의 인기쟁이
가족들 사랑받고
고객님 찾아주시면
아낌없이 보내리

제2부

고향으로 가는 길

숲 사랑

마음이 상처 나면
숲으로 떠나보자
일상에 지친 맘을
쉬면서 극복하고
마음이
덧나지 않게
다독이며 지내자

하늘도 쳐다보고
구름 꽃 살펴보고
하루의 일상 속을
숲 사랑 즐기면서
오롯이
재충전 시간
행복으로 가는 길

문경새재

바쁜 일 끝내고서
휘돌아 문경으로
발길을 옮겨본다
축제장 썰렁하니
어쩌나 걱정이 되네
이심전심 농부 맘

애써서 지은 농사
판로가 길을 막아
농심은 애가 타네
갈수록 태산이야
언제쯤 이 난국의 길
예천처럼 되려나

설움을 녹인 애환
돌에다 새겨놓은
아리랑 흥얼흥얼
내딛는 발걸음은
무겁기 짝이 없구나
농부님들 힘내요

천사의 나팔꽃

초록색 받침대에
매달려 흔들흔들
화려한 고운 꽃이
홀리듯 아름답네
천사의 나팔꽃 피어
둘레 길을 밝히네

예뻐서 멈춘 발길
사진첩 가득 담아
기쁨이 두 배 되어
살포시 미소 짓네
순간의 하늘거림에
두런두런 속삭임

토종밤

밤송이 툭툭
바람에 떨어지면
싱글벙글 내 마음

옥수수 쪄서 말리고
부지런히 움직여
가을을 준비한다

토실토실 작은 알
달 고무리 고소한 맛
토종밤의 향기

농사지은 갖가지
곡물로 미숫가루
만들어 볼까나

좋은 걸 어떡해

기분이 씨소를 탄다
오르락내리락 어쩌지
어느 결에 마음이 둥둥
그리운 너를 찾아간다

좋은 걸 마냥 좋은걸
아무런 이유 없이 그냥
난 네가 보고 싶어
간질간질 애가 탄다

어쩌랴 보고픈데
들로 산으로 함께
너랑 나랑 여행하듯
살랑살랑 떠나보자

만나면 얼마나 좋을까
잔잔히 내리는 그리움
널 떠올리며 빈 가슴
애써서 달래어본다

그리움 쌓이고 쌓이면
나 어디로 가야 하나
오늘도 하염없이 널
애태워 기다려 본다

가을을 담다

청명한 가을하늘
파랗고 눈부시다
나무에 걸터앉은
흰 구름 둥실둥실
푸르름 가득 담아서
가을빛을 엮는다

청잣빛 맑은 하늘
도도한 구름 꽃은
그늘을 찾아왔네
솔가지 내려앉아
쉼 하며 어울림이라
둥개둥개 멋져라

깻잎 갈무리

노릇한 들깨밭에
아낙들 모여들고
장아찌 만들어서
겨울을 준비하네
배 불뚝 임산부 되어
즐겁구나 하룻길

들녘에 향기로운
들깨 향 고소함이
바람결 훠이훠이
살포시 날아가네
하늘 끝 멀리 멀리에
향기로움 전하리

글벗시화전

노란 꽃 메리골드
활짝 핀 산자락에
시화 꽃 춤을 추고
모여든 시인님들
반갑게 인사 나누며
시화전을 즐기네

웃음꽃 까르르르
해맑은 시인님들
하늘도 축복해준
시화들 팔랑팔랑
종자와 시인 박물관
축복받은 날이죠

시인님 멋진 시로
작가님 시화작품
멋지게 태어나고
회장님 사랑으로
꾸며진 글벗시화전
사랑 가득 넘쳐요

마당 울타리

작은 울타리 마당엔
선물 같은 하루가
핑그르 번진다

알록달록 꽃 피어
반가운 눈 맞춤에
내 마음도 꽃밭

새들의 합창 소리에
기쁨으로 눈을 뜨고
선물 같은 하루 시작

신선한 초록의 둘레
상큼한 바람
보약 같은 먹거리

둘레길 텃밭 요람들
어느 것 하나 거져
얻어지는 게 없다

땀 흘린 만큼 보답으로
돌려주는 자연에
감사할 뿐이다

동부 콩

옥수수 대공 위를
돌돌돌 줄기 뻗어
한 아름 둥지 틀어
가족 수 늘려놓아
수확기
접어들어서
콩 꼬투리 따냈네

호랑이 줄무늬가
살짝이 무서워라
저녁밥 섞은 콩알
반지르르 알록달록
동부 콩
입맛 돋우어
식사 시간 즐거워

고향으로 가는 길

푸른 물 넘실넘실
굽이굽이 돌고 돌아
흐르는 조양 강물
한 많은 사연 엮은
어쩌랴 정선 아리랑
인생 여정 풀어보자

내 고향 정선으로
단풍꽃 보러 오소
오일장 장터 마당
옹심이 콧등치기
인정이 넘쳐나는 곳
정선으로 오셔요

아리랑 아라리요
가락이 흐르는 곳
주거니 받으면서
한 맺힌 엮음으로
아라리 고개 넘어서
고향으로 가는 길

한 소절 소절마다
애환이 담겨 있어
불리고 전해져서
세계문화 유산으로
등재돼 축제 한마당
잔치잔치 열리네

억새

은빛 물결 일렁이는
하얗게 핀 억새꽃
곱게 빗은 머릿결처럼
찰랑이고

바람에 춤을 추는 물결
사그랑 사그랑이 불러주는
억새의 아름다운 노래
정겨움이 남실

굴곡진 산허리에
저 들만의 향기가
바라보는 이들에게
억새꽃 사랑 낭만이다

황혼의 인생길에
함께 발 도장 찍으면서
짬짬이 둘러보는 여행
삶의 고운 모습이야

비 오는 밤

가을밤 서성이는
처마 끝 낙숫물은

쉼 없이 떨어지고
스산한 마당 한 켠

나뭇잎 땅에 뒹굴고
논둑길을 걷는다

이슬비 내리는 밤
마음은 질척이고

고단한 발걸음은
밤나무 향해 간다

이마에 조명등 쓰고
흔들흔들 황홀함

꿈의 언저리

두 둥실 떠다니는
저 하늘의 조각구름
추억은 모락모락
안개처럼 피어오르고

짙은 푸름의 옷을 입고
창공을 훨훨
고운 벗 찾아가려나
그리움 찾아가려나

만지면 부서질 것만 같은
모래성 수없이 쌓으며
고운 꿈길을 살금살금
꿈의 언저리 걸어본다

내 그리운 벗 찾아서
한걸음 또 한 걸음씩
하늘거리는 속내 툭툭
비워 내면서 걸어본다

총각김치

알싸한 매콤한 맛
연하고 야리야리
다듬고 손질해서
고무통 가득가득
초록무 반쪽을 싹둑
총각김치 대 변신

맛있게 양념해서
버무려 꼬리 달고
그리운 임들 향해
사뿐히 날아갈까
내 정성 반겨 주실까
벌써부터 설레네

어찌 하오리까

봄의 향기로 날아와서
가을까지 함께해준
뜨락의 요정들이 떠났지

나비처럼 하늘하늘
예쁘고 고왔던 날들
벌 나비 모여들던 곳

쓸쓸히 떠나간 자리에
새싹들 속닥속닥
웅성거리며 모여 들었네

찬 바람 불어올 텐데
어찌 하오리까
피우지 못한 애처로움

토닥이며 아픈 이별을
서러운 눈물 감추며
그리 떠나가리니

몸살

호젓한 뚝방길을
둘이서 걸어본다
갈바람 서늘함의
한기가 실려 와서
온몸이 노곤노곤해
몸살 올까 두렵네

고단한 몸이지만
마음은 새털처럼
가볍고 기쁨인데
온몸이 오들오들
두려움 엄습하는 밤
방안 온도 올린다

쌍화탕 마무리로
주문을 걸어본다
아프면 안 되는데
갓김치 담아야지
따뜻한 솜이불 덥고
꿈나라로 달린다

친구야

꽃향기 바람 타고
그리움 멍울져서
헤집고 날아올라
그리운 친구 찾아
무작정 가을 나들이
너를 찾아 떠난다

마음은 소녀인데
우리들 언제이리
흰 머리 염색 했니
서러운 세월 탓을
어쩌랴 우리들 인생
불러본다 순이야

친구야 나 아프다
심각해 파킨슨병
반찬을 챙기면서
눈물이 방울방울
목소리 귓전을 뱅뱅
내 친구야 힘내렴

들깨 타작

들깨 섶 아름아름
안아다 뉘어놓고
도리깨 윙윙 돌며
허공을 날아올라
춤추며 하늘을 향해
들깨 향이 날린다

주르륵 싸락싸락
하얀 알 또르르륵
망태에 숨바꼭질
알곡이 넘실넘실
텃밭의 가을날 들녘
풍요로움 넘친다

낙엽 길 따라

가을이 주는 축복
눈 앞에 펼쳐지고
샘솟는 즐거움에
풍덩풍덩 빠져보는
사색의
낙엽 길 따라
자박자박 걷는다

이렇게 좋은 날에
소중한 내 사람과
단풍 꽃구경하며
인생길 함께 하네
두 손을
마주 잡고서
앞만 보고 간다네

가을비

밤새워 주룩주룩
가을비 심술 났네
단풍꽃 예쁘다고
들녘이 노랗다고
좋아라 신나는 모습
가을비가 망치네

알곡들 싹이 나고
추수가 늦어지니
모두가 근심 걱정
이제는 방긋방긋
들녘의 고운 햇살이
그립구나 해 뜰 날

거두미

하룻길 왜 이리도
바쁜지 정신없네
무 뽑아 씻어놓고
알타리 다듬어서
소금에 알맞게 절여
총각김치 마무리

무청은 새파랗게
삶아서 냉동보관
할 일은 태산 같고
마음은 조급하니
종종종 몸과 발걸음
부산스레 오가네

영하로 온도 하강
뉴스로 접하면서
거두미 서둘러서
갈무리 저장이야
농촌의 가을 들녘은
노을 속에 잠기네

첫서리

새벽녘 내린 하얀 서리
온 들녘을 꽁꽁
옭아매어 오돌돌 떨고
파리한 이파리들
기운을 잃었네

바스락바스락
첫서리 한방에
생채기 생기고
망가진 모습에
맘이 아리고 아프다

정성으로 키운 고들빼기
이파리 새카맣게 변해
안타까움뿐이다
맛있게 김치 담가서
전국으로 택배 보내야 하는데

농사는 참 힘들다

땀 흘려 가꾼 보람도 없이
한순간에 훅
가버린 농작물들
또다시 내년을 기약하자

사랑아 내 사랑아

소중한 나의 보배
그대의 오신 날에
생일을 축하해요
사랑아 내 사랑아
따뜻한 미역국 끓여
그대에게 드리리

정성을 가득 담아
사랑 꽃 살풋살풋
향기로 다가가요
그대를 사랑해요
이대로 지금처럼만
즐기면서 살아요

나보다 당신 먼저
챙기며 살아봐요
가는 정 오는 정이
몸으로 마음으로
한평생 사랑 바라기
행복하게 즐겁게

달밤에

달 밝은 가을밤에
두 사람 함께 걷는
호젓한 뚝방길은
달빛이 내려앉아
빈 들녘 쓸쓸함으로
고스란히 묻히네

건강을 챙기면서
한 걸음 두 걸음씩
밤마다 걷기운동
이제는 두 번 다시
아픔을 겪지 않으리
내 몸부터 챙기자

제3부

가을이 간다

영양식

밤마다 불빛 따라
밤 줍고 곱게 말려
영양식 준비한다
단호박 찰옥수수
보리쌀 갖가지 곡물
한 끼 식사 맛있게

누룽지 만들어서
가을철 준비해온
먹거리 기다려준
고객님 전화 요청
고맙고 감사한 마음
뭉클하니 울리네

제비꽃

양지쪽 돌 틈새로 제비꽃
옹알옹알 앙증맞게
가을 마중 나왔어라

허기진 가을 들녘에
저 홀로들 꽃을 피워
늦가을 축제 즐기는 듯

흰 서리 내린 땅
작은 꽃잎 팔랑이며
소곤대는 제비꽃 사랑

행여 발에 밟힐세라
조심조심 고운 모습에
마음을 다 뺏겨 버렸네

이제 떠나가야겠지
긴 여운을 아쉬움에 묻고
그리 살포시 떠나갈 테지

억새꽃

두둥실 산마루에
구름 꽃 몽올몽올

산자락 나부끼는
억새꽃 은물결에

바람에 춤을 추는 듯
아름답고 멋져라

일한 뒤 느껴보는
뿌듯한 보람이야

눈 앞에 펼쳐지는
자연의 위대함에

놀랍고 감탄스러워
하룻길이 즐겁네

가을 고추장

엿 질금 삭혀서 푹 달여
달달한 물에 찹쌀가루
수제비 떠서 풍덩풍덩

곱게 달여진 달달한 물
끝 고추 곱게 갈아
먹거리 가을 고추장 완성

배 불뚝 항아리 가득
세 단지 꽉 채우고
양지쪽 툇마루에 앉혔다

나란히 줄 서 있는 항아리
반지르르한 모습에
손끝 지문 사라져도 좋아 좋아

살림의 참맛을 알아가는
중년의 씩씩한 아줌마 담근
고추장 햇살에 익어가겠지

가을이 간다

자욱한 새벽안개
들녘에 가득 내려
안개비 뽀얀 속살
두려워 떨고 있네
이파리 파르르 떠는
이 새벽이 춥구나

하나둘 사라지는
들판의 농작물들
쓸쓸함 저며 오고
휑하니 바람 부네
아쉽게 가을이 간다
희망의 꿈 저 멀리

먹거리들

고단한 농사일에
하루가 정신없이
바쁘고 힘들어도
풍요가 주는 기쁨
두 세배 즐거움의 길
흥얼흥얼 콧노래

내 손길 정성으로
먹거리 만들어서
고객님 주문 오면
미소 꽃 아싸 신나
이 맛에 농사짓나 봐
전국으로 두둥실

밤 곡물 미숫가루
고추장 된장 막장
한해의 먹거리가
뚝딱이 완성되어
눈으로 바라보아도
그냥 배가 부르네

옛날 짜장면

가을을 담으려고
충주로 오 가면서
둘레길 걸어보고
온천욕 즐겨본다
피로가 한순간에 쑥
새털처럼 가볍네

감자랑 양파 송송
볶아서 양념 짜장
쫄깃한 수타 면발
물어서 찾아왔네
점심은 옛날 짜장면
추억하며 먹는 날

단풍꽃 (1)

곱게 핀 오색단풍
오라고 손짓하네
어여쁜 사랑이들
만날 순 없더라도
단풍꽃 바라본 눈길
즐거움만 넘치네

손끝에 닿을 듯한
두둥실 뭉게구름
가을은 달려가고
하늘가 저 멀리에
그리움 심어 놓고서
이별 준비 서럽네

산마다 마른 낙엽
흑갈색 옷 입고서
추위가 싫다 싫어
바람과 맞서지만
단풍꽃 피우지 못해
아쉬움에 애가 타

단풍꽃(2)

단풍꽃 알록달록
오라고 손짓하네
멋진 옷 갈아입고
가을 향 유혹이야
가슴은 큰 벅참으로
터질 것만 같아요

절정의 가을 단풍
눈으로 가득 담고
마음에 고이 쌓아
추억의 책갈피 속
그립고 보고 싶은 날
살그머니 봐야지

낙엽 편지

파아란 호수 같은 하늘
금빛 햇살 온 누리에
소담스럽게 내리는 날

구름 따라 흐르는 맘은
주마등처럼 그리움이 밀려와
울컥하며 내게로 온다

아름다운 자연에 취해
살며시 낙엽 편지를
꼭꼭 눌러 써 띄워 보낸다

빨간 낙엽 편지지에
노랑 꽃잎 사연을 담아
심중 깊은 곳으로 훨훨

그 임께 닿을 수 있으려나
그립다고 말하지 않아도
보고 싶은 맘 전해지려나

가을향기

빈 들녘 햇살 아래
스며든 그리움은
끝없이 밀려오고
마음속 물보라는
잔잔한 여울물 되어
가을향기 어리네

논밭의 허수아비
집으로 들어가고
지킴이 사라지니
빈 들녘 허허롭네
늦가을 쓸쓸한 풍경
애잔함만 밀려와

삶의 언저리

꿈 많던 푸른 시절
풀각시 그 시절이
그립고 생각나네
이제는 주름살이
하나둘 늘어만 가고
할머니가 되었네

친구들 만나자고
그립고 생각나서
더 이상 안 된다고
집으로 온다 하네
전화로 호들갑 떠는
내 친구가 생각나

고단한 시골 생활
바쁘게 살았지만
실보다 득이 많은
귀농이 좋았어라
잔잔한 삶의 언저리
대롱대롱 웃음꽃

첫날에

보고픈 그리움이
소복이 낙엽처럼
쌓이고 어느 사이
달력은 달랑 두 장
풍성한 만추의 계절
떠나가고 있구나

무서리 내린 아침
뒹구는 낙엽들은
겨울잠 준비하고
우리는 비닐 걷고
농사로 함께한 동행
아픔 없이 해냈네

나들이

잠깐의 짬을 내어
근교로 떠나본다
단풍꽃 어울림에
나만의 향기 담아
글 꽃을 피워 보리라
샤방샤방 즐기며

나들이 기분 상승
즐겁고 행복해서
가슴이 터질 듯이
벅참과 뿌듯함에
정신을 차릴 수 없네
아름다운 단풍꽃

최고로 빛나는 날
단풍꽃 화장으로
정신을 뺏겨 버린
가을의 풍경화들
눈앞에 가득 펼쳐져
장기자랑 하누나

하루

번지는 가을 햇살에
하루 저만치 달려가고
허리 펴볼 사이도 없이
동동 바쁘기만 하다

달려가는 가을 해거름
뒤쫓아가면서 밭고랑
비닐 제거 작업에 흙먼지
모자를 흠뻑 뒤집어쓰고

오늘은 끝낼 수 있을까
그래도 성취감에
하얀 이빨 내보이며
씨익 웃어주는 옆 지기님

정갈해진 밭이랑들
숨 쉴 수 있어 좋아 좋아
인사라도 건네듯
폭신폭신 말랑말랑

보금자리

시골집 겨울 준비
마무리 둥지 찾아

옮기는 살림살이
챙길 게 너무 많다

엄마 밥 먹고 싶다고
좋아하는 두 아들

계절이 세 번 가고
다시 찾은 보금자리

온 가족 한집에서
웃으며 살아보자

따스한 겨울 보내며
달달하게 살리라

낙엽비

떨어져 나뒹구는
낙엽들 한자리에
모여서 운동회를
하는 듯 날고뛰고
늦가을 아련한 추억
가을과의 이별 중

바람이 머문 자리
낙엽 비 후드드득
떨어진 아픔 뒤로
앙상한 나뭇가지
낙엽들 쌓이고 쌓여
양탄자 길 만드네

가을이 떠나가네
화려한 단풍꽃도
추억을 남겨둔 체
쓸쓸한 이별 준비
말없이 몸으로 낙화
푸르던 날 꿈꾸며

가을은

가을은 갈대숲도
은빛의 억새밭도
사랑이 고스란히
전해져 오는 듯이
은밀한 사랑의 밀어
속삭인다 바스락

날씨가 상큼하네
일교차 큰 날씨에
치악산 바라보며
아침을 열어가는
이 하루 응원하면서
보람되게 보내리

단풍꽃 눈물

어쩌랴 화려한 너
단풍꽃 눈물방울

알알이 대롱대롱
이별을 예감하네

이제는 떠나야 할 때
아쉬움만 가득해

산과 들 아름답게
노랑꽃 빨강으로

예쁘게 물들이고
발걸음 멈추게 한

단풍꽃 흘린 눈물에
애잔함만 밀려와

은행나무

원주 문막 반계리에 있는
은행나무는 수량이
800년에서 1,000년가량 된 나무이며
둘레가 어마어마한
천연기념물 167호이다

전국 각처에서 구경 온
나들이객 인파들로
인산인해를 이루고
주차장이 부족하여 도로며
반계 초등학교 운동장까지
꽉 차 있어 구경거리가
한층 더 멋지고 아름다웠다

안을 수도 없을 정도로
우람한 은행나무 나이 많음에도
잎은 또 얼마나 무성한지
하늘을 찌를 듯한 울창한
나뭇가지들 온통 노랗다
노랗게 단풍 물든 이파리들

나비처럼 하늘하늘 날아다니는
모습 또 한 장관이다

사람들 모두 줄로 서서
마스크로 입 코는
막았지만 질서 정연하게
올라가고 내려오고
그 멋진 풍경을
스케치하는 사람
사진으로 남기는 사람
모두가 함박웃음 가득하다

일 년에 한 번 노란 물결
보고파 찾아오는
울긋불긋 인파들도
들떠있는 모습이고
와~~아 와~~
놀래서 입을 못 다물고 감탄의
감탄사 연발이었다

멀리서부터 행사장
진행 요원들의 호루라기에 맞춰
움직이는 모습들에 진한

감동을 받다
가족들과 함께 연인과 함께
손에 손을 잡고 구경하는
행복한 모습들 퍽 인상 깊었다

천년의 세월을 참고 견디어온
은행나무 역사의 아픈
소용돌이 속에서도 살아남아
웅장한 모습으로 장수해온
소중한 천연기념물 반계리
은행나무 오래오래 볼 수 있기를
빌고 바랄 뿐이다

상반된 날씨

치악산 높은 곳엔
흰 눈이 내려앉고
시내는 비가 내려
쌀쌀한 하룻길에
덤 되는 상반된 날씨
눈과 비를 다 보네

하늘의 축복인가
단풍꽃 하얀 모자
친구들 좋아 좋아
즐기며 수다 떠네
생일을 축하해 주듯
하늘 꽃이 피었네

생일(2)

멀리서 친구들이
와 주어 감동감동
미역국 끓여주고
복 많은 여자이다
따르릉 축하 전화가
쉴 새 없이 울리네

바쁘게 살았다고
찾아준 소중한 벗
축하와 고운 선물
한 아름 안겨주네
감격의 눈물 바람에
웃다 울다 진풍경

친구들 떠나가고
하룻길 나들이로
단풍길 자박자박
떠나는 가을 단풍
산자락 아쉬운 이별
온몸으로 느끼네

햇살

숲속 나무 사이로 해님이
방글방글 미소로 다가와
온 들녘을 따사롭게 감싸
살포시 안으며 내려앉는다

강 건너 마을엔 황금빛 햇살
웅달진 곳엔 하얀 서리꽃이
뽀송하게 피어나 반짝반짝
빛의 온도가 주는 다른 느낌

자연은 참 위대하다
눈이 부신 아침 햇살에
까치도 까마귀도 산책 중
벙글어지는 들녘 아침

추위에 깃을 세우고
부리로 세수를 하는지
쫑쫑 부지런히 걷는 새들
모두가 평화스럽다

사랑스러운 이 아침에
황금빛 햇살은 바람을 타고
사뿐사뿐 너울춤을 추며
사랑의 온기로 품고 있구나

가을과 겨울

가을은 낙엽 융단
계절은 돌고 돌아
치악산 하얀 눈꽃
겨울의 길목에서
가을은 쓸쓸히 가고
마른 눈물 흘리네

겨울을 바라보는
아쉬운 마음 가득
떠나고 보내는 맘
저무는 하룻길에
자연의 섭리에 따라
작별 인사 나누네

오늘도 순응하며
겨울을 바라보며
즐겁고 행복하게
따스한 사랑 속에
보람을 채워 가면서
복된 하루 보내리

어머니

며칠째 기운 없는
어머니 모시고서
바닷가 회 센터서
입맛을 찾으셨네
맛있게 많이 드시고
건강하게 삽시다

자식들 뒷바라지
한평생 고생 고생
걱정과 근심으로
지내 온 세월들이
정신적 과로가 쌓여
기운 없이 지냈죠

이제는 어머니 맘
헤아려 보살피며
정성과 사랑으로
곁에서 지낼게요
당신을 사랑합니다
아프지만 마셔요

제4부

사랑의 대화

사는 맛

아버님 기일이라
형제들 가족 모여
생전의 아버님의
모습을 추억하며
산소서 제사 올리며
형제 우애 나눈다

정답게 모여앉아
식사를 끝마치고
깨끗이 씻은 배추
젓갈에 양념하여
맛있게 김장하는 날
두런두런 웃음꽃

가족들 한자리에
사는 맛 어절씨구
코로나 묶인 세월
만나지 못하다가
끈끈한 정 나누면서
하루 종일 즐겁네

위급환자

원주천 둔치 길에
헬리콥터 환자이송
재빠른 응급조치
모두들 일사천리
둔치가 시끌벅적
구경꾼들 모였네

비행기 뜨고 내려
은행잎 후득후득
나무는 앙상하게
사르르 떨고 있네
은행잎 쌓이고 쌓여
노란 물결 넘치네

놀이터

어스름 땅거미가
놀이터에 내리고
좋은 일 많이 올까
출근을 서두른다
괜스레
큰 벅참 가득
기분 좋은 밤이야

낯익은 단골손님
내 집에 온 것처럼
즐거운 너스레에
반갑게 맞이하네
불편함
느끼지 않게
배려하고 챙긴다

곶감

시인님 소개받아
귀한 감 택배 도착
감 껍질 돌려 깎고
걸기에 주렁주렁
햇살에 꼬들꼬들하게
색깔부터 변하네

생감이 곶감으로
단물이 가득 배어
쫀득쫀득 말라가고
꼬물이 손주 간식
날마다 바라보면서
싱글벙글 미소 꽃

손주들 어른 되면
깊은 정 할아버지
좋아라 섬기려나
무조건 달리고 달려
며느리 손주 사랑에
하루해가 짧구나

달과 구름

자정이 되어가는 밤하늘
노오란 달님 보일락 말락
검은 구름 뒤에 부끄러워
살며시 숨바꼭질

쉼 없이 흘러가는 저 구름
이 안타까운 현실들을
알기나 하는 걸까
힘겨워서 하늘을 보는데

맑음으로 상냥하고픈데
현실의 벽은 커다랗게
심장을 조여 오고 있다
어이 하라고

오늘 밤은 참 많이 힘든데
어디에 하소연할까
답답함이 검은 구름 되어
정처 없이 흐르고 흐르네

잠자는 바다

바다는 변화무쌍
검은색 얼굴 띄고
잔잔한 모습으로
고요히 잠을 잔다
흰 파도 보이지 않고
지평선은 저 멀리

평온한 바다 보며
그립던 속마음을
모두 다 쏟아내고
비릿한 바다 내음
정겨운 바다 풍경을
마음으로 담았네

바다는 은빛 물결
햇볕에 반사되어
뽀샤시 고운 얼굴
고깃배 어디 가고
적막한 바다 모습에
풍덩풍덩 빠지네

낮달

낮달이 해를 품고
반쪽이 걸려 있다
바람에 나부끼는
단풍꽃 보러왔나
쓸쓸한 가을 뒤안길
처량하게 떠 있네

비워진 마른 들녘
바람에 낙엽 비상
온 거리 휩쓸고서
새처럼 날고 있네
하늘가 낮달 벗 되어
종횡무진 누빈다

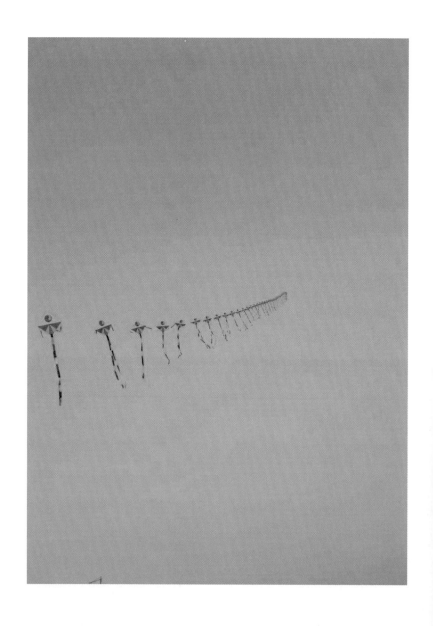

가오리연

바람에 살랑살랑
꼬리를 흔들면서
둥둥둥 높이 높이
하늘로 올라간다
소원을 가득 담아서
펄럭이며 오르네

둔치에 펼쳐지는
축제장 연날리기
우승자 가오리연
아득히 멀어지네
한 줄에 길게 엮어서
푸른 하늘 수놓네

비둘기

일광욕 즐기는 비둘기
가족들 둘레 모여앉아
수업 중 인가보다

서로 주고받는 언어
구구구 구구단 놀이
한 걸음 다가가도 그 자리

산책길 오가는 사람들
무심히 지나가지만
공부하는 비둘기들

모여서 월동준비 연구
따스하게 보내야 할 겨울
의논 중 인가보다

물오리

물오리 가족 소풍
시냇물 풍덩 풍덩
여울 살 흐름 따라
둥둥둥 떠다니며
자맥질 물고기 잡아
주린 배를 채우네

햇살이 곱게 내려
냇물에 반짝이고
짝지어 놀고 있는
물오리 한가롭네
냇물에 얼음이 얼면
어디에서 놀까나

만두 빚기

갓김치 배추김치
만두 속 송송 썰어
토종닭 손질해서
양념에 조물조물
홍두깨 밀가루 반죽
곱게 밀어 펼친다

주전자 뚜껑으로
둥글게 자리 뜨고
정성을 가득 담아
만두를 빚어본다
쟁반에 소복이 쌓여
냉동고에 잠자네

즐거움 가득 담아
둥글게 펼친 마음
고객님 찾아주면
언제든 살랑살랑
꿈 찾아 떠나가리니
그리운 날 만나요

갈대

뜨거운 햇살에
검게 그을린
갈대꽃 살랑살랑

씨앗들 가득 품고서
세찬 바람에도
꺾이지 않는 꿋꿋함

제 몸에 품은 자식들
얼마나 멀고 멀게
시집 보내려나

좋은 곳 비옥한 땅에서
뿌리 내려 사랑 꽃
뽀얗게 가득 피워 보렴

새벽 안개

뿌옇게 퍼져있는 대지
새벽안개 가득 내려
가시거리 짧아져 갑갑하다

자연이 주는 혜택
잊을까 봐서 잠깐
어려움을 준 걸까

앞 동네 뒷동네 모두
안개에 갇혀서
이 아침 불편하다

햇살이 대지에
살포시 내려면
맑음으로 눈 뜨겠지

싸늘한 기온
거두어 가고 햇살
방글이 번질 거야

사랑의 대화

회장님 보내주신
사랑의 커피 쿠폰
달달한 커피 만남
즐거운 대화 속에
달궈진 회장님 사랑
포물선을 그린다

한 모금 또 한 모금
은혜에 감사하며
향기로 음미하고
맛으로 넘긴 사랑
스승님 고맙습니다
봉사하며 살게요

행복한 글꽃

하루의 일상 속에
글 꽃이 꿈틀꿈틀
싱그런 잎이 돋아
줄기가 살이 찌고
미소가 방글이 피어
꽃향기가 번지네

행복이 별거더냐
자아에 도취 되어
즐거움 넘쳐나면
그것이 행복이지
삶의 길 피고 지는 꽃
향기로움 넘치리

오늘도 변함없이
학생이 숙제하듯
시 한 수 올려놓고
엄지척 벅참으로
행복 꽃 가득 피어서
터질듯한 이 마음

국화꽃

산책길 노란 물결
국화꽃 향기 날려
눈길과 발걸음에
즐거움 주었건만
추위에 시들고 말라
안타까움 더 하네

가을의 흔적들은
하나둘 사라지고
자취를 감춰버린
지금은 그립구나
화려한 국화꽃 향연
일년 후에 만나리

저녁노을

노을이 곱게 물든
들녘의 금빛 물결
최고의 멋진 모습
황홀함 가득하네
갈 길을 재촉 하듯이
서산으로 달리네

똑같은 저녁노을
시내랑 산동네랑
눈부심 달라 보여
하늘의 멋진 요술
보는 맘 행복하여라
이렇게나 좋은 날

이별

문밖이 저승이라
그 누가 말했던가
아침에 카톡 오고
저녁에 비보 듣고
황망한 이 현실 앞에
망연자실 서러움

눈뜨면 함께했던
글벗의 임경자 시인
이별이 웬말인가
떠나고 없는 현실
고문리 철부지 아내
이름 석자 남겼네

노을빛

옷 벗은 나뭇가지
정면에 덩그러니
추위에 떨고 있네
푸르던 날 싱그러운
추억들 되새김하며
당당하게 서 있네

그리움 노을빛에
삭이고 물들이며
잎새들 곱게 물든
단풍도 산자락에
비행해 내려앉았네
애처로워 어이 하나

앞산의 고운 자태
화려한 노을빛에
반사된 앞마당은
반짝임 출렁출렁
하루가 저물어 가는
노을빛에 잠긴다

겨울 장미

끝자락에 핀 장미꽃
뜨락을 붉게 물들이고
벌 나비 사라져도
홀로 초연히 불태우네

찬바람에도 굴하지 않고
화려한 꽃송이를 피워
남실남실 향기의 장미꽃에
노오란 햇살이 내린다

밤새 하얀 설화가 피어
장미꽃 부끄러움 타듯
다소곳이 머리 숙이고
꽃잎들 햇살에 반짝반짝

하얀 설화 꽃의 순결함
장미와 순백의 붉은 사랑
화사함이 아롱아롱
아름다운 극치이다

여린 장미꽃 송이송이들
바람이 간지럼 태우면
놀라서 훅훅 털어내겠지
설화는 장미꽃 사랑인 게야

겨울 추위

갑자기 겨울 추위
꽁꽁 언 마음 온도
뉴스도 코로나도
막막한 현실이다
십이월 첫날 강추위
움츠리게 만드네

포근한 겨울 날씨
모두들 바랄 텐데
칼바람 쌩쌩이네
들녘도 긴 겨울잠
어쩌랴 지혜를 모아
웃으면서 보내자

그리운 벗들아

합동으로 회갑 잔치
친구들 좋아 좋아
전국이 들썩들썩

남편도 아내도 자식들도
다음 순위로 밀려나고
오직 벗들과 함께

초대장 받고도
갈 수 없어 사랑담아
정성으로 택배 보낸다

사랑하는 벗들아
가을 햇살의 단풍처럼
울긋불긋 익어가자

아름다운 모습
지금에서 딱 멈추어
더 이상 늙지 말자

그리운 벗들아
황혼의 출발점에 선 우리들
아름다운 삶의 길 걸어보자

벗들의 회갑을
진심으로 축복하며
꽃길을 걸어가기를 빌어본다

서리꽃

뚝방의 산책길엔
서리꽃 가득 피어
생명은 순응하며
파르르 떨고 있네
만지면 바스락 아파
울고 있는 여린 꽃

제각각 다른 모습
견디며 지켜내는
모두가 생존 법칙
자연을 닮아가는
사람도 마찬가지라
적응하며 사는 중

표고버섯

응달에 집을 지어
물주고 사랑 주고
형제들 차례차례
조로롱 꽃을 피워
먹거리
표고버섯들
얼굴들을 내미네

향긋한 표고 향기
일광욕 즐기면서
햇살에 방긋방긋
미소로 속닥속닥
기다린
주인의 손길
선발대의 귀한 몸

건강을 지켜주고
입맛을 살려주는
요리의 일등 공신
바구니 하나 가득

즐거움
두리 두둥실
행복으로 채우네

당신의 엽서

곱게 물들여
보내주신
당신의 엽서
반갑습니다

한 잎 두 잎
길게 써 내려간
알록달록 낙엽 편지
읽어봅니다

올해도 당신은
사랑한다 말만
이만큼
써주셨네요

고마워요
따뜻한 그대의
마음 가슴속 깊이
잘 간직할게요

가을은 가고
겨울이 문턱을
넘어오더니
사랑이 달달합니다

제5부

한 해를 보내면서

운동

추위에 감기 들라
조심히 걷기운동
날마다 혈당 관리
꾸준한 노력으로
건강을 회복하는 중
반짝이는 삶이여

가족들 걱정 없는
긍정의 생각으로
민폐는 주지 말자
몸 건강 지킴이에
내일의 소망을 담아
활기차게 걷는다

어쩌지

3차 백신 맞았더니
온몸에 근육통이
힘들게 만드는 날
어쩌랴 무기력해
누워서 천장만 보네
한심스러운 몸뚱이

확진자 돌연변이
날마다 넘쳐나니
철저히 건강관리
소독과 마스크로
건강한 우리들의 삶
지키면서 삽시다

여명

아침에 노란 햇살
창가에 내려앉아

상큼한 하루 시작
반갑게 맞이한다

시작의 찬란한 여명
온 누리에 번진다

하얗게 서리 내려
꽁꽁 언 들녘에도

따스한 햇살 번져
넉넉한 여유로움

포근한 자연 빛 사랑
아름아름 넘치네

희망꽃

안개로 산발한 들녘에
햇살이 조곤조곤
사랑의 밀어를 나눈다

까치도 까마귀도 벗 되어
어울리며 깡충거리고
따스함의 온기 즐긴다

푸석한 땅의 얼굴엔
주름만 깊이 파이고
차가운 겨울을 맞이했지

하얀 눈 이불 푹신하게 덮는 날
돌아오리니 희망의 꽃은
들녘에서 숨바꼭질 중이네

아버지 기일

찬바람 살랑이는
가슴속 그리움들

목울음 삼키면서
아버지 그립니다

해묵은
수십 년 세월
절절함만 밀려와

아버지 기일이라
형제들 모여앉아

생전의 추억 덕담
눈물 꽃 뿌렸다오

그립고
보고 싶은 맘
사랑해요. 아버지

밤안개

밤안개 스멀스멀
시야가 좁아져서

비상등 깜빡이며
집으로 퇴근한다

새벽녘
거북이걸음
피어오른 밤안개

인적이 드문 시간
늦어진 퇴근길에

힘들게 운행하며
하룻길 고이 접네

회색빛
하늘 언저리
달도 별도 숨었지

국민가수

내일은 국민가수
귀 막을 찢어놓고

열광의 환호성에
자리가 들썩들썩

인기는 전국을 강타
매력남들 멋지다

두 눈은 화면 속을
두 귀는 황홀함에

즐기며 빠져보는
무대의 멋진 매너

놓칠 수 없음이어라
국민가수 누굴까

174_ 행복한 글꽃 피다

초겨울 밤

어둠은 짙어지고
별빛이 뚝뚝
떨어지는 밤

아쉬움 가득 안고
달빛지기 어둠 속을
힘차게 달려본다

하얀 마음
손가락 끝에 머무는
황홀한 시간

짙은 그리움을 타서
따뜻한 커피
한잔을 마셔 본다

그리운 시인님들
생각나는 밤
커피의 짙은 향기에

마음 나누는
행복한 밤
나만의 추억 공간에서

첫눈

흔들리며 피는 꽃
춤추면서 피는 꽃
온통 새하얗게
첫눈으로 덧칠한 세상

한 뼘의 거리에서도
앞 동네가 보이질 않고
회색빛 하늘에선
바람 타고 꽃송이 폴폴

허허로운 들녘도
폭신폭신한 이불로
아름아름 선물 내려
쌔근쌔근 잠재워 주네

정다운 집 앞마당
아무도 오지 않은
뜨락에 하얀 꽃잎들
소복소복 쌓였네

아픔 덮어 주려나
고요한 침묵 타고
흔들리며 피는 꽃
하염없이 내린다

마음의 창

따스한 온기로
뒤도 보고 앞도 보고
여유로운 맘
가득 품고 살고픈데

어쩌다 내 마음
창가엔 덕지덕지
욕심과 오물로
가득 차 있었을까

맑은 물로 씻어내고
마음 창 깨끗이 정화
반짝반짝 윤이나
빛나는 삶 살아 내보자

아침의 해 오름에
마음이 숙연해지고
깨달음이 온 가슴에
불덩이 되어 달군다

별빛 사랑

땅거미 짙게 깔린
어둠 속으로
내 마음 별빛 찾아
길을 나선다

유유히 흐르는
구름과 길동무하여
그렇게 멋지게
흘러가나 보다

싸늘하게 식어가는
그리움 하나
별빛과 어둠 속에
고요히 묻히고

별빛도 그리움도
삭정이 된
나무토막처럼
힘없이 쓰러진다

따스한 마음에
의지한 사랑
멍울처럼
알알이 맺혔는데

이제 어디로
애달픈 사랑아
이 어둠이 밝기 전에
목적지에 닿으렴

내 사랑 이제
어둠의 공간 속에서
그리움만 충충이
쌓여만 가누나

하늘꽃

마른풀 가지 끝에
하늘 꽃 송이송이

사뿐히 내려앉아
동그란 목화송이

첫사랑
그리움 되어
화사하게 피었네

햇살에 눈이 부신
영롱한 눈꽃 송이

알알이 땅에 박힌
작은 별 반짝반짝

오오라
하늘의 선물
눈물 되어 흐르네

빛 축제

거리엔 반짝반짝
빛 축제 황홀감에
푹 빠져 즐겨본다
삭막한 거리에는
희망꽃 알록달록이
온 누리에 번지네

퇴근길 지나가는
거리의 풍경들에
두 눈의 즐거움과
두 발의 멈춤으로
황홀한 빛의 공간 속
가슴속에 담는다

하루의 지친 삶에
잠깐의 쉬어감에
고단한 응어리를
삭이고 풀어보며
한 자락 빛 축제 담아
내일의 꿈 꾸련다

해와 달

아침의 해오름에
들녘은 황금물결

숲 사이 환한 얼굴
두 팔로 맞이 한다

감사한 하루의 시작
해님처럼 벙근다

둥근 해 하늘길에
낮달이 마주하고

낮달은 나뭇가지
쉬었다 떠나가고

해와 달 아름다운 길
평화로운 두 모습

겨울 보리

추위에 보란 듯이
보리 싹 하늘하늘

빈 고랑 가득 덮고
넘치는 기운으로

푸르름
가득 펼칠 날
꿈꾸면서 지내리

살갗을 아리는 듯
찬 바람 몰아치는

들녘의 뜨락에는
숨죽은 겨울 보리

언 땅속
몸 녹이면서
속닥속닥 지내리

성탄절 하루

강추위 몰려오고
성탄절 축복선물
저마다 품은 꿈은
하나둘 꿈틀꿈틀
은총이 우리 집 가득
흰 눈처럼 내렸네

큰아들 작은아들
커다란 희망 꽃에
축복의 이 하루가
기쁨의 환희 속에
가족들 하늘의 축복
성탄 선물 받았지

사업장 부푼 꿈에
청춘을 꽃 피워라
저 하늘 푸르름을
가슴에 가득 담아
고운 뜻 꿈을 펼치며
멋진 인생 살으렴

한 해를 보내며

힘들고 아팠던 한해
갈피갈피 정리하면서
아쉽지만 마무리 지어본다

농사일에 가게 일에
동동거리며 최선을 다했기에
미련은 일도 없지만

함께 동고동락했던
한해의 끝자락에서
지나온 일들 뒤돌아보며

이런저런 수많은 사연들
지나고 나면 모두
고운 추억이 되겠지

하늘 쳐다보면서
고운 꿈을 향해 힘차게
또 내일 도전해 보리라

동트는 아침

여명의 동트는 아침
동산 너머 해님이 쏘옥
활짝 웃음 지으며
해맑게 오신다

며칠 꾸물꾸물하던 하늘
날씨 때문인지 덩달아
우울함 덤으로 오더니
쾌청한 오늘 참 좋다

금빛 햇살의 찬란함
위대한 자연의 위력
'멋지네'를 쏟아내는
작은 여심의 미소

기쁨으로 떠오르는
해님의 맑음으로
온전한 이 하루
낭실낭실 보내리라

옥수수구이

하우스 쉼터에는
아저씨 삼삼오오

모여서 농사 얘기
냉동고 찐 옥수수

팬에다
옥수수구이
노릇노릇 간식용

곶감과 옥수수로
차 대접 함께 나눈

소중한 이웃사촌
어울려 살아가는

정 깊은
조곡리 마을
깔깔 웃음 넘치네

백당열매꽃

강추위 속에서도
온몸에 빨강 열매
조로롱 함박웃음
새들의 먹이 될까
눈 소복 백당열매꽃
화려하고 멋지네

눈 구경 다니면서
이토록 아름다운
자연이 빚은 설경
넋 놓고 바라보네
하늘 꽃 어우러져서
백당열매 고와라

순간의 어여쁨에
놀라서 숨 멎을 듯
하얀 꽃 빨강 꽃에
눈부신 장관이여
추위에 꽁꽁 고드름
주렁주렁 달렸네

눈길

발밑에 전해오는
눈길의 속삭임들
뽀드득 맑은소리
멜로디 음율 되어
동행의 아침 운동길
이보다 더 좋을까

평온한 아침 산책
건강을 챙기면서
동심의 세계 안에
갇힌 듯 행복해라
눈길의 발자국 놀이
설렘으로 오누나

희망찬 새해 계획
한걸음 한 계단씩
오르고 노력하고
시작이 반이라고
묵묵히 일하다 보면

좋은 날들 오겠지

아침의 하얀 눈길
발걸음 옮기면서
정답게 걷는 이길
고운 꿈 살풋 품고
행복한 내일을 위해
몸 건강을 챙긴다

강추위

햇살은 온 누리에
비추어 온기 줘도

강물도 꽁꽁 얼고
산책길 뚝방길도

칼바람 혹독한 추위
적응하기 힘드네

물오리 어디 있나
강물이 얼음이라

물고기 먹이사슬
굶주릴 노파심에

괜스레 걱정이 앞서
강기슭을 살피네

새해 소망

붉은 해 솟아오른
태기산 해오름길에
기쁨과 환희 물결
기분이 좋아지네
새해의 소망 담아서
기도한다 간절히

기쁨과 사랑으로
나누며 살아가는
축복의 나날 속에
즐겁고 행복하게
나의 삶 모나지 않게
둥글둥글 살고파

찬란한 새해 첫날
몸과 맘 지극정성
소원을 빌었으니
올해는 잘 될 거야
믿음의 나날 속에서
달려보자 힘차게

인연(2)

글벗의 아름다운
인연들 감사해요
사랑과 정 나눔의
공감과 댓글 인사
시인님 사랑합니다
즐거움의 하룻길

하루가 쌓여가면
일 년의 긴 여정들
때로는 눈물짓고
날마다 글꽃 피워
즐거움 가득이었죠
후끈후끈 글벗방

임인년 새해에도
이대로 쭉 달려요
동행의 아름다움
함께라 행복해요
사랑꽃 향기 전하며
따사롭게 피겠죠

초승달

둥근 해 맞이하며
눈부신 빛 가림에

가느다란 눈썹달이
하늘가 언저리에

살며시
보일 듯 말듯
나뭇가지 앉았네

마주한 그리움들
알알이 풀어놓고

해맑은 미소 흘린
초승달 애처롭네

어디로
떠나가는지
쓸쓸함에 젖는 길

□ 서평

날마다 글꽃 피는 사랑의 향기

– 송연화 열여덟 번째 시집 『행복한 글꽃 피다』

최 봉 희(시조시인, 평론가, 글벗 편집주간)

365일 날마다 새로워지는 나를 만나는 일은 그리 쉬운 일은 아니다. 그것도 날마다 시와 시조를 통해서 나를 말하고 나를 찾고 오늘의 행복을 만끽하는 일, 더욱이 나를 있는 그대로 드러내고, 나를 성찰하는 일은 더더욱 힘들다. 아니 어려운 일이다. 거기에 내 모습 그대로를 사랑하는 일은 어떤 인생에서도 쉽게 찾기 어려운 일이다. 왜냐하면 삶은 그렇게 나를 호락호락 쉽게 내버려 두지 않기 때문이다. 더더욱 힘겹고 가슴 벅찬 일이다.

우리 글벗문학회 회원 중에 하루도 빠짐없이 매일 일기를 쓰듯 시를 쓰기 시작하여 어느덧 열여덟 번째 시집을 출간한 시인이 있다. 바로 윤영 송연화 시인이다.

어떻게 그런 삶을 살 수 있을까? 많이 궁금하다. 그의 시 작품을 통해서 그의 삶과 시풍을 다시 한번 살펴보자.

첫째 송연화 시인의 시가 특별한 것은 "오늘 여기"에 집중하고 있다는 점이다. 바로 지금 이 아침, 내 집, 내 일터, 내 길 위에 집중하는 것이다. 늘 함께 하는 사랑하는 사람에 집중하는 것이 더 현명하다. 왜냐하면 내일을 꿈꾸기에는 의지가 너무 약하고 어제만 회상하기엔 오늘의 꿈은 너무 크다. 그런 의미에서 삶은 결과의 기쁨보다는 과정의 기쁨이 아닐까 한다.

　　　소중한 나의 보배
　　　그대의 오신 날에
　　　생일을 축하해요
　　　사랑아 내 사랑아
　　　따뜻한 미역국 끓여
　　　그대에게 드리리

　　　정성을 가득 담아
　　　사랑 꽃 살폿살폿
　　　향기로 다가가요
　　　그대를 사랑해요
　　　이대로 지금처럼만
　　　즐기면서 살아요

　　　나보다 당신 먼저
　　　챙기며 살아봐요
　　　가는 정 오는 정이
　　　몸으로 마음으로
　　　한평생 사랑 바라기
　　　행복하게 즐겁게
　　　- 시조 「사랑아 내 사랑아」 전문

어쩌면 시인은 우리에게 과정의 기쁨과 현재의 행복을 가르쳐 주는 것이 아닐까? 내일에 대한 희망도 있어야 하겠지만 지금 오늘, 여기에 집중한다. 내 곁에 있는 것이 소중함을 깨닫게 된다. 시인은 '그날 그곳'이 아닌 '지금 오늘, 여기'에서 행복을 찾는다. 그리고 아름다움을 발견하려고 하는 것은 아닐까?

합동으로 회갑 잔치
친구들 좋아 좋아
전국이 들썩들썩

남편도 아내도 자식들도
다음 순위로 밀려나고
오직 벗들과 함께

초대장 받고도
갈 수 없어 사랑담아
정성으로 택배 보낸다

사랑하는 벗들아
가을 햇살의 단풍처럼
울긋불긋 익어가자

아름다운 모습
지금에서 딱 멈추어
더 이상 늙지 말자
– 시 「그리운 벗들아」 전문

어쩌면 시인은 어른이 되어가는 과정을 시로 쓴 것이 아닐까 생각된다. 왜냐하면 꿈과 성공은 결과가 아니다. 과정의 기쁨이고 현재의 행복이기 때문이다.

그렇다면 언제 어른이 되는 것일까? 문득 나이를 먹고 철이 들었을 때가 어른일까? 송연화 시인의 시에는 자신을 향해 마음 놓고 웃는 날이 참으로 많다.

들녘에 내려앉은
햇살에 가을 김장
무 배추 곱디곱다
며칠 전 내린 비로
밭고랑 가득 채우고
초록물결 넘친다

하나를 얻었으면
하나는 내어주고
무게에 못 견디어
들깨는 쓰러지고
그나마 다행스럽다
들깨 알이 꽉 차서

가을이 주는 풍요
기쁨이 배가되어
번지는 함박웃음
햇살에 익어가네
농부는 초록 꿈 싣고
가을 연서 보낸다
– 시조 「가을 연서」 전문

시인은 자신을 그대로 드러낸다. 내 모습 그대로를 사랑
하고 좋아하고 사랑한다. 그래서 시인은 날마다 마음껏 웃
는 날이다. 자신을 바라보면서 현재의 삶을 즐기는 것이리
라. 그래서 지난날의 아픔과 상처, 오늘의 실패가 있다고
해도 스스로 다독이면서 지낸다.

　　마음이 상처 나면
　　숲으로 떠나보자
　　일상에 지친 맘을
　　쉬면서 극복하고
　　마음이
　　덧나지 않게
　　다독이며 지내자

　　하늘도 쳐다보고
　　구름 꽃 살펴보고
　　하루의 일상 속을
　　숲 사랑 즐기면서
　　오롯이
　　재충전 시간
　　행복으로 가는 길
　　– 「숲 사랑」 전문

시인은 이렇게 고백한다. 나에게 이런 일이 있었어. 나는

이런 사람이야. 나는 이렇게 살고 있어. 시인은 내 삶의 모두를 긍정적으로 받아들인다. 자신을 자연스럽게 드러내면서 나를 향해 웃을 수 있는 여유가 생기는 것이다.

두 번째로 송연화 시인의 시에는 긍정의 가치와 철학이 담겨 있다. 긍정적인 사람의 가장 큰 특징은 하루하루를 소중하게 여기는 삶이다. 그에게 하루하루의 삶이 행복인 것이다.

    아침에 노란 햇살
    창가에 내려앉아

    상큼한 하루 시작
    반갑게 맞이 한다

    시작의 찬란한 여명
    온 누리에 번진다

    하얗게 서리 내려
    꽁꽁 언 들녘에도

    따스한 햇살 번져
    넉넉한 여유로움

    포근한 자연 빛 사랑
    아름아름 넘치네
    – 시조 「여명」 전문

시인은 해가 뜨는 순간에서부터 자연의 사랑을 경험한다. 건강도 하루의 소중함을 아는 사람에게 주어지는 것은 아닐까? 역시 시인은 자연 속에서 그리고 시를 쓰는 삶 속에서 행복을 찾고 힘을 얻는다.

안개와 구름 낀 아침
다이아몬드처럼
반짝반짝 빛나는
기분 좋은 날

오늘도 보석처럼
빛나고 성취하는
활짝 웃는 즐거움의
하룻길 열어보며

사랑은 사랑하는
자의 선물이며
행복은 찾는 자의
보석이라고

언제나 한결같이
늘 푸른 소나무처럼
변함없이 소중한 시간
만들어 보자
– 시 「하루의 시작」 전문

시인 한 사람의 마음이 밖으로 퍼져나갈 때 모두의 삶이 다이아몬드처럼 반짝반짝 빛나는 법이다. 나 한 사람이 다른 사람을 사랑하기로 마음을 먹는 순간, 내가 속한 세상의 삶은 곧바로 달라진다. 사랑은 사랑하는 자의 선물인 셈이다. 행복은 찾는 자의 보석이라고 시인이 노래한다. 날마다 시를 Tsm는 시인에게는 오늘의 삶이 행복한 삶이 되는 것이다.

글벗의 아름다운
인연들 감사해요
사랑과 정 나눔의
공감과 댓글 인사
시인님 사랑합니다
즐거움의 하룻길

하루가 쌓여가면
일 년의 긴 여정들
때로는 눈물짓고
날마다 글꽃 피워
즐거움 가득이었죠
후끈후끈 글벗방

임인년 새해에도
이대로 쭉 달려요
동행의 아름다움
함께라 행복해요

사랑꽃 향기 전하며
따사롭게 피겠죠
- 시조 「인연(2)」 전문

 나부터 다른 사람을 위해 일하고 그들을 보호하며 사랑하기로 마음먹으면 그것은 한마음 사랑이다. 송연화 시인은 글벗문학회에서 다른 문우들과의 나눔이 따뜻하다. 자신이 지은 농산물을 나누고, 자신이 직접 일군 글밭을 통해 거둔 사랑의 시집을 이웃과 글벗들과 함께 나눈다. 얼마나 아름다운 삶이랴. 필자는 이를 '한마음 사랑'이라고 표현하고 싶다. 바로 글꽃을 피워서 사랑꽃 향기로 이웃에게 전하는 동행의 기쁨이 있는 것이다.

붉은 해 솟아오른
태기산 해오름길에
기쁨과 환희 물결
기분이 좋아지네
새해의 소망 담아서
기도한다 간절히

기쁨과 사랑으로
나누며 살아가는
축복의 나날 속에
즐겁고 행복하게
나의 삶 모나지 않게
둥글둥글 살고파

찬란한 새해 첫날
　　몸과 맘 지극정성
　　소원을 빌었으니
　　올해는 잘 될 거야
　　믿음의 나날 속에서
　　달려보자 힘차게
　　– 시조 「새해 소망」 전문

　우리의 내면에는 아주 넓고 고요한 성소가 있다. 아무리 속이 좁아 보이는 사람도 그런 내면의 성소가 있다. 그가 사는 강원도의 횡성에서의 삶이 그렇다. 날마다 횡성의 태기산을 바라보면서 그는 기도하고 염원한다. 또한 그가 일하는 강원도 원주가 시인의 모든 생각을 받아들이고 다듬고 추스르는 공간이다. 더욱이 그가 활동하는 글벗문학회의 문학 공간은 더더욱 그렇다. 글꽃을 피워서 기쁨과 사랑으로 나누며 살아가는 축복의 공간이기도 하다. 더욱이 시인이 시조로 등단하고 제11회 글벗문학상을 수상한 문학 공간이 아니던가.

　　노란 꽃 메리골드
　　활짝 핀 산자락에
　　시화 꽃 춤을 추고
　　모여든 시인님들
　　반갑게 인사 나누며
　　시화전을 즐기네

웃음꽃 까르르르
해맑은 시인님들
하늘도 축복해준
시화들 팔랑팔랑
종자와 시인 박물관
축복받은 날이죠

시인님 멋진 시로
작가님 시화작품
멋지게 태어나고
회장님 사랑으로
꾸며진 글벗시화전
사랑 가득 넘쳐요
– 시조 「글벗시화전」 전문

  매년 연천의 종자와 시인 박물관에서 글벗 시화전을 개최하고 있다. 시인은 노랗게 활짝 핀 메리골드를 만나고 시화전의 시꽃을 만난다. 웃음꽃도 피고 문우들과 한마음으로 만난다. 어쩌면 우리가 언제든지 들어가서 만나고 자신을 회복하는 종자와 시인 박물관과 글벗문학회의 공간은 고요한 성소가 아닐까 한다. 다시 말해 나의 모든 생각을 받아들이고 다듬고 나눔으로 글꽃을 피우는 공간이기 때문이다. 이곳에서 그리고 그가 사는 곳에서 어떤 아픔도 갈등도 잠재우는 사랑이 가득한 공간이기 때문이다. 무엇보다도 지친 영혼을 쉬게 하는 공간이기 때문이다. 내 잘못된 생각과 말과 행동을 조심하고 용서하면서 나를 위로하

고 격려하는 공간이다. 종자와 시인박물관에는 2만 평의
시비 공원 내에는 사랑의 공간은 물론 용서의 공간이 있
다. 증오 금지구역도 있고 낙담 금지구역도 있다. 어쩌면
글꽃을 피우는 송연화 시인 자신이 나를 회복시켜서 삶의
현장으로 다시 달려가게 하는 고요한 성소가 아닐까 한다.
물론 그곳에는 「꽃물」이라는 송연화 시인의 시비(詩碑)
도 세워져 있다.

　　저만치서 걸어오는
　　발자국 소리에
　　빨강 봉선화 피었다

　　그리움이 뚝뚝
　　추억은 저만치서
　　어서 오라 손짓하는데
　　빨강 꽃물들이면
　　첫사랑 눈 올 때
　　만날 수 있으려나
　　- 송연화 시비 작품 「꽃물」 전문

　우리 시대의 참 시인은 마음이 한결같은 사람이다. 마음
은 감정을 따라 움직이고 흔들리기 때문에 마음을 한결같
이 건강하고 아름답게 유지하는 것은 결코 쉬운 일이 아니
다. 첫사랑을 눈 올 때 만나는 설렘처럼 시인의 발자국 소

리에 사랑꽃이 피고 행복꽃이 피어나는 것이다.

우리는 이기심과 자신을 지키려는 보호 본능 때문에 근본적으로 자기중심적이다. 그럼에도 불구하고 타인을 향해 마음을 열어놓고 아름답게 가꿔가는 송연화 시인이야말로 마음이 따뜻한 시인이 아닐까 한다. 시인은 늘 그렇게 글꽃을 피워서 사랑을 실천하고 나눔의 삶을 살고 있기 때문이다.

힘이나 사상은 일시적이다. 그 영향력은 한계가 있다. 하지만 시는 모든 사람에게 한결같이 공감할 수 있는 것이기 때문에 위대한 것이다. 어느덧 열여덟 번째 시집이다. 그것도 제11회 글벗문학상 수상 작품집이다.

사랑은 시간을 거스르는 힘이 있다. 사랑하면 날마다 떠오르는 해가 유난히 반짝인다. 해마다 찾아오는 계절도 다르게 느껴지는 법이다. 늘 보던 사물이 달라 보이는 것은 물론 곁에 있는 사람이 늘 새롭게 보이는 법이다.

부디 송연화 시인이 우리 시대의 시인으로 아름다운 글꽃을 계속해서 활짝 꽃 피우길 소망한다.

사랑은 날마다 기적을 일으키고 날마다 새로운 날을 맞이하게 한다.

다시금 송연화 시인의 열여덟 번째 시집이자 제11회 글벗문학상 수상 작품집 출간을 진심으로 축하한다.

날마다 행복한 글꽃을 계속해서 만나길 기원한다.

■ 글벗시선 172 송연화 여덟 번째 시집

행복한 글꽃 피다

인 쇄 일 2022년 9월 26일
발 행 일 2022년 9월 26일
지 은 이 송 연 화
펴 낸 이 한 주 희
펴 낸 곳 도서출판 글벗
출판등록 2007. 10. 29(제406-2007-100호)
주　　소 경기도 파주시 와석순환로 16,(야당동)
　　　　 롯데캐슬파크타운 905동 1104호
홈페이지 http://guelbut.co.kr
E-mail juhee6305@hanmail.net
전화번호 031-957-1461
팩　　스 031-957-7319
가　　격 15,000원
I S B N 978-89-6533-222-0 04810